찰나의 꽃

황금알 시인선 135

찰나의 꽃

초판발행일 | 2016년 10월 31일

지은이 | 이종만
펴낸곳 | 도서출판 황금알
펴낸이 | 金永馥
선정위원 | 김영승 · 마종기 · 유안진 · 이수익
주간 | 김영탁
편집실장 | 조경숙
표지디자인 | 칼라박스
주소 | 03088 서울시 종로구 이화장2길 29-3, 104호(동숭동, 청기와빌라2차)
물류센타(직송 · 반품) | 100-272 서울시 중구 필동2가 124-6 1F
전화 | 02)2275-9171
팩스 | 02)2275-9172
이메일 | tibet21@hanmail.net
홈페이지 | http://goldegg21.com
출판등록 | 2003년 03월 26일(제300-2003-230호)

값은 뒤표지에 있습니다.

ISBN 979-11-86547-44-1-03810

찰나의 꽃

이종만 시집

황금알

꽃은 인간에게 패한 적이 없다

사람들은 꽃과
눈빛으로 싸운다
꽃송이에 입맞춤을 할 때마다

꽃은 슬퍼하지 않는다
꽃은 인간에게
패한 적이 없다

꽃을 보아라
봄날 다시 환생해
꽃 피는 줄 아무도 모른다

차 례

2부

3부

4부

1부

한 사람을 사랑한 사람

아침의 산복도로로
한 사람을 사랑하며 버스에 탄 사람 지나갔구나
길가에 구방초 피어있고
아침 햇살은 산을 포근하게 감싸고 있다
도로 위로 또 한 대의 버스가
한 사람의 사랑이 점철된 길을 가고 있다
산새도 버스 따라 날고 있다
한 사람을 사랑한 사람이 아침을 신선하게 한다
문득 한 사람의 사랑을 태운
버스가 지나간 아침이
메마른 땅들을 숨 쉬게 한다
한 사람을 사랑한 사람이
아침을 사랑하게 한다

밧줄이 있다

나무마다 하늘로 이끌어 올리는 밧줄이 있다 새들도
응원의 노래를 보태고 있다 나무가 하늘로 당겨 늘어지
는 순간에도 밧줄은 보이지 않는다 한 길 높이로 키가
이끌어 올려진 미루나무 잎새들이 소스라치게 파르르
떨고 있다

아나운서도 코 막고 진행하고 있다

불치병에 걸린 사람이
산에 가서 약초를 캐 먹고
다 나았다 한다
그 사람이 TV에 나왔는데
그의 몸에 배인 약초의 쓴
냄새 때문에 아나운서가
코를 막고 진행하고 있다
사람들은 그 약초를 캐려고
전국의 산을 뒤졌지만
그 약초에 과일이 주렁주렁 달려도
냄새를 알지 못해 그 약초를
찾을 수가 없었다

백지 박물관

A라는 무명 화가가
임종 시에 평생 그린
그림 30여 점을 경매에 부쳤는데
한 점도 남기지 않고 다
팔렸다 그림 한 점이 30억 원은
족히 받았다 한다
그 후 그녀의 남편은
부인의 박물관 개관식에
백지 화폭만을 걸어 놓았고
관람객은
박물관 개관식 입장을
줄지어 기다렸다

찰나의 꽃

새벽 한 시에 피었다
찰나에 시드는
꽃이 있다
순식간에 피었다 지기 때문일까
꽃은 너무 눈부셔
그 꽃 마음 속에 지니고
일생 살아가는
사람도 있다
새벽 한 시
어둠 속에서 번쩍 피었다
사라져 버리는 꽃

하나님은 날 두려워하고 있다

늘 가난하게 살아온 나는
하나님에게 소송할 것이다
아버지보다 이십여 년을 덤으로 살아온
생을 뒤돌아본다
건강을 간구하면
가을날 알밤같이 사람들에게
건강을 떨구어 주던 하나님
내게는 내려주시지 않아 투병으로 살아왔다
하늘을 쳐다보며
원망만 할 것이 아니라
탱자 울타리 스쳐 가던
바람의 고통으로 나는 소송을 하리라
하나님은 날
두려워하고 있다
2차 3차까지라도 소송을
이어갈 것이다

가난이 없는

산골짝 안갯속에서 살아가는 사람
그는 끼니때마다
안개로 식사를 한다
흰 쌀밥 같은 안개 뱃속으로
들이키면 배부를 텐데
그는 부인이 안개 밥상을
차려주지 않으면
식사를 하지 않는다
채소나물도 하얗고
숟가락도 하얗다
국과 밥의 혼란스러움에도
그는 국을 밥으로 떠먹지 않는다
외양간의 황소도 하얗고
대문 밖 바위도 하얗지만
바위에서 소 코뚜레를 더듬지 않는다
가난이 없는 안개 마을의 그는
더 깊은 산골짝을 바라보고 있다

다들 되돌아갔다

진주 근교를 벗어나
바람 길을 헤쳐가다
안갯속으로 이끌려 들어가면
솔바람을 거느린 정자 하나 있다

그곳은 다람쥐가 기웃거리고
노루는 눈길을 주고 간다
동행을 원하는 사람들이 있지만
무료한 날 혼자 다녀오곤 한다

은근슬쩍 입이 견딜 수 없어
자랑을 늘어놓을 때는
주위 사람들이 날 에워싼다
그곳을 알려줄까 말까

코스모스는 꽃대를 설레설레 흔들고 있다
꼬리 긴 바람이 옷깃을 치고 간다
날 뒤따르던 사람들
안개가 길을 감추자 다들 되돌아갔다

아버지

아버지 또래의 아버지가 있다
기억 밑바닥에도 깔려있지 않은 아버지
담배를 꼬나물고 날
아저씨라 부르는 아버지들 속에
아무리 찾아보아도
아들을 알아보는 나의 아버지는 없다
때론 버스 안에서
자리를 성큼 비켜주는
아버지들을 수없이 만났지만
아들을 불러주는
나의 아버지는 없다
아버지 아버지 부르는 소리에
뒤돌아보면 아버지에게로
달려가는 어린아이가 있다

더럽게 나쁜

산봉우리에 구름이 엎드려 있는 산길 호박밭으로 가는 농부에게 물었다 길이 더럽게 나쁘다고 손가락으로 가리킨다 더럽게 나쁜 길에 더럽게 나쁜 민들레가 피어 있다 더럽게 나쁜 풀 더미 속 더럽게 나쁜 풀벌레를 더럽게 나쁜 사마귀가 치근거리고 있다 더럽게 나쁜 공기는 더럽게 나쁘도록 폐를 씻어 주었다 더럽게 나쁜 산속 더럽게 나쁜 암자는 문어 발가락으로 더럽게 나쁜 길들을 뻗어내려 꿈틀거리고 있다 더럽게 나쁜 길섶에 앉아 내려보았다 공단의 매연이 더럽게 나쁜 구름 속으로 기어들고 있다 더럽게 나쁜 사람들은 내일 다시 떠오르지 않을 더럽게 나쁜 태양 아래 거닐고 있다

달

하늘에 두둥실 뜬 달의 영정
죽은 사람의 영정은 보아 왔지만
맑은 은빛의 영정은 보지 못했다
누구든지 문상을 오라고
두둥실 하늘에 걸린 영정
나뭇가지가 연리지로 막아서도
영정은 헤쳐가고 있다
흘러가는 물도 황홀하게
가르고 있다
하늘에 뜬 달의 영정을
몰래 가슴 속에 품은 여인이
예쁜 딸을 낳았다는
소식이 들려온다

진달래 우편물

시내에 갔다 돌아오자
대문에 봄 우체부가 붙여놓고 간
등기 우편물 쪽지 하나
기쁜 소식인지 숨 가쁘도록 팔랑였네
거기 적힌 휴대폰 번호
봄봄봄 봄봄봄봄 봄봄봄봄을 누르자
봄 우편물 전하는 우체부 아저씨 쉴 틈 없이 북상을 하
고 있다
다시 남하할 수 없다 하네
봄소식 쌓여있는 산 우체국에 가서
진달래 우편물을 찾아가라 하네
혼신으로 불타는 우편물
일주일 뒤쯤이면 찾을 수 없다고 하네

그곳에는

그곳에는 질퍽한 검은 액체가
벽에 덧칠되어 있다
온기를 짜버린 듯
방안에는 싸늘한 냉기가 서렸지만
불 피울 장작 한 개비 없다
벗나무 한 그루
버찌가 까아맣게 매달려도
사랑하는 여인에게 한 움큼
따 바칠 수 없다
마당에는 꽃 한 송이 피어있지 않고
한 치 마음속 헤아리는 새도
날아들지 않는다
공기조차 부패되어 가쁜막 호흡에도
앉아 쉴 곳이 없다
소일거리 없이 억겁으로
살아야 하는 곳
해는 정오의 하늘에도 뜨지 않고
신도 기웃거리지 않는다

가시는 가시를 평화롭게 한다

가시덤불을 본다
가시가 가시를 찔러라고 손뼉을 쳐본다
고개 떠밀고 들어가고 싶은
가시덤불의 가시가 가시를 찔러라고
가시덤불 세차게 흔들어본다
참새떼가 가시덤불 속으로 날아들면
가시덤불은 가시를 감춘다
가시가 가시를 위해
서로를 감추고 있다
가시덤불 속으로 손 넣었다
날렵한 고양이 발톱으로 할퀴고 있다
망개 열매 붉은 핏방울 흘리게 한다
가시는 가시를 평화롭게 한다

산 노루

붉은 옻나무
잎 하나 뜯어먹고
옻이 오른 노루
가려움에 못 이겨
밤새 울고 있다
진흙탕에 뒹구는 산돼지같이
천박해질 수 없어
살결에 돋은 옻
밤이슬로 씻고 있다
산골짝마다
산노루 울고 있다

별

별들은
하늘에서 나에게로 쏟아지며
반짝이는 것이 아니라
나에게서 밤하늘로 쏟아져
반짝이는 것이다
깊은 밤 꿈속을 헤매일 때
별들은 더 눈부시게 반짝인다
하늘을 볼 때마다
내 안에서 별들이 분수같이
밤하늘로 쏟아진다

생솔가지

눈물이 메마른 사람에게
생솔가지 태운 연기
한 봉지씩 담아주고 싶다
생솔가지 하나 태워
봉지마다 연기를 담으면
한 트럭은 넘칠 것이다
슬픔에도 눈물 한 방울 흘리지 않는 것
안과 의사도 고칠 수 없으리라
남의 아픔마다 눈물을 흘려주면
세상은 따뜻해질 것이다
멀게만 느꼈던 손
서로 가까이 붙잡을 수 있다

2부

육두

말아 말아 장쳐라*
이리저리 몸 굴러
죽순처럼 솟은 육두
님이 없어
님이 없는 슬픔에
앙가슴만 히힝 히힝
울어만 댄다

* 수말 발기시킬 때 하는 주문

나를 깨우지 않는다

내 곁에 내가 죽어 누워 있다
두 팔로 죽은 내 얼굴을 껴안고 울어도
감긴 눈이 떠지 않는다

죽은 자식을 껴안고 우는
어머님은 보아 왔지만
내가 내 주검을 껴안고 우는

울음이 하늘에 닿아도
하나님은 죽은
나를 깨우지 않는다

내가 나를 장례 치르는 날
형제도 친구도
눈물 한 방울 흘리지 않는다

자유

어느 독재자가
시골 별장에 갔다
늘 모함만 해온 그는
풀벌레 노래에도
모함을 들려주고 있는지
귀 기울여도
무슨 소리인지 알아듣지 못해
독재자는 고함을 쳤다
풀벌레 노래는 그치지 않았다

소가 기침을 한다

송아짓적부터 주인의
입맞춤을 받으며 자라
담배 연기로 기침을 한다
주인이 오면 소는 다가와
구름으로 내뿜는 담배 연기
여물같이 입으로 들이마신다
눈동자가 둠벙으로 고인
머리를 들이밀면
주인이 안아 쓰다듬으며
소머리에 다시
담배 연기를 내뿜는다
소가 끝없이 기침을 한다

위내시경

아프리카 초원에서
사자 사냥을 할 때 사자보다
더 난폭하게 사자의 배 옆구리를
창으로 찔러 죽였다
장미꽃을 코에 대고
하늘을 쳐다보다가도
미워하는 사람을 만나면
분노를 참지 못해
숨을 헐떡거렸다
내 속에 까아맣게 고인
죄를 보려 위 내시경
검사를 하였다
배 속이 너무 깨끗하다고
의사 선생님은
면 번이나 몇 번이나
거듭 들려준다

그림자

내 앞을 걸어가다 내 뒤로 걷는 사람이 있다
한번도 그에게 눈인사를 못 했다
그래도 그는 변함없이
나를 보살피듯 앞섰다 뒤섰다 걷고 있다
그는 인기척을 한번 내지 않고
발걸음 소리도 내지 않는다
내가 어둠 속에 묻히면
그도 어둠 속에 묻힌다

꿈

죽은 사람과 상봉시켜주는 면회소가 있다
비행기를 타지 않고도
오가는 일정이 없어도
한순간의 만남을 주선시켜주고 있다
생전에 떼인 돈이나 받으려 하면
만남은 이루어지지 않는다
앙금도 서로 풀어주게 한다
전화로는 너무 먼 곳이라
안부를 물을 수 없다
어머님 아버지와의 만남은 늘 1순위였다
나이를 더하지 않아
오랜 세월이 지나도 그곳에는 낯설음이 없다
유복 자식이 어린 아버지를 처음 만날 때는
서로 어리둥절해 한다

하얀 개

하얀 개야!
상아 같은 긴 꼬리 두 개 달린
네 친구가 없느냐
고무풍선이 되어 날아올랐다
살푼 내려앉는
네 친구는 없느냐
판소리 가락으로 밤을 지새우는
네 친구는 없느냐
목청만 높아 컹컹 짖어대는
하얀 개야

단풍나무

단풍나무 눈으로 읽어본다
눈으로 읽는 단풍나무는 아름답지 않다고
단풍나무는 설레설레 흔들고 있다
단풍나무에 얼굴을 맞대어
단풍나무 붉은 잎 가슴으로 읽어본다
눈으로 읽고 가슴으로 읽으면
단풍나무 불타오르는 사랑으로
단풍나무를 바라본다

창세기

옛날 옛날
가자미 도다리 바다 생선들이
숲 속에 떼 지어 살았다
밤이슬만 먹고
살이 포동해진 생선 한 마리
식구들이 배부르게 먹고도 남았다
싱싱한 생선을 먹고
사람마다 백수를
수월하게 넘기도록 자식도
셀 수 없을 만큼 낳았다
산들바람이 부는 봄날에는
짝짓기를 위해
고기들은 지느러미 왕성한 힘으로
숲 속을 헤엄치고 다녔다

구름 박물관

줄지어 서지 않아도
머리를 들면 구름 박물관이 있다
나무들이 꽁무니로 다가간 구름 박물관
꽃밭을 스쳐와
꽃으로 핀 구름 박물관
식욕의 눈길 뗄 수 없는 연못
구름 박물관의 소장품을 품었다
느긋이 놓아주고 있다
구름 박물관 관장님은
넘쳐나고 부서진 소장품
산 너머로 보내고 있다
세월도 바쁘게 실려 가고 있다

아니라고 아니라고

내가 나에게 속으로 말한
죽일 놈을 누가
발설을 하고 있다
입속으로 한 이야기를
깐죽거리며 하고 있다
아니라고 우겨보지만
그날 그 시간을 앞세워
날 되받아친다
내가 나에게 한 이야기
아니라고 우길수록
이야기의 늪 속으로 빠져들고 있다
내가 나에게 입을
일자로 다물고 한 이야기를
빠뜨리지 않고 하고 있다
얼굴이 붉게 꽃피도록
아니라고 아니라고 우겨본다
해안에 밀려드는 해초만큼
내가 나에게 한 이야기에
엉키고 있다

꿈속에 술을 마셨다

꿈속의 술집에서 친구와 술을 마셨다
불룩해진 배를 만지자
풍선으로 날아오르는 꿈속
술값을 내야 할 때쯤 술집을 도망쳐
나오듯 꿈이 깨었다
꿈속의 외상 술값은 다 헤아릴 수 없다
술을 먹는 꿈속에도 가난해
예쁜 여자를 끼고 룸살롱이나 요정에는
술을 마셔보지 못했다
필부들끼리 꿈속에 만나든지
저승에서도 찌들어지게 사는 사람들
징검다리 건너오듯 싸구려 술판으로
날 불러내 실컷 먹여놓고
감쪽같이 사라지기만 한다
주머니 사정이 여의치 않아
핑계 삼아 술좌석을 피한 날
필름이 끊기도록 꿈속의 술집에서
술을 마셨다

장미꽃 화석

산길,
신발 너덜너덜 떨어진 맨발로
걸어간 사람이 있다
걸음을 옮길 때마다
돌부리에 찢긴 발가락이 흘린 피
장미꽃 화석으로 돌 속에
붉게 박혀있다
그가 남기고 간 발자국을 보려는
사람들 틈 속에 끼여
장미꽃 붉은 화석 하나 주웠다

붉은 혀

얼룩말 무늬 바지 입은 처녀가
엉덩이를 씰룩거리며
산복도로 걸어가고 있다
탐스러움으로 내두르는
동백꽃보다 붉은 혀
수사자의 숨은 시선이 엉덩이에
달라붙고 있다
놀란 새 푸드득 날아오른다
낌새를 채고 처녀가 달아나면
사자는 재빠르게 낚아채
숲 속으로 사라질 것이다
사자는 풍선같이
몸 속에 고요를 채우고 검은 머릿결
흩날리며 걷는 처녀를 지켜보다
구름의 시선도 없는
움푹진 곳에 다다르자
처녀를 낚아채 달아나고 있다

산돼지

산돼지는 지그시 눈을 감고
콧김으로 섬의 거리를 가늠해
새벽별 사라질 순간
닿지 못할 섬이라면
바닷속으로 뛰어들지 않는다
쉽게 배설될 푸성귀보다
뱃속 남아 있을
칡뿌리 몇 가닥
가볍게 배 속에 담고
뱃불을 에둘러 간다
뱃사람 눈길이 두려우면
물 위에 뜬 해초 더미 속
머리를 감추고 간다
물고기가 놀라지 않게 소리 없이
육지를 뒤돌아보지 않고 간다

3부

사람들을 떨어뜨리고 있다

배 불룩하게 임신해
누워있는 산 위로
사람들이 올라가고 있다
더듬고 기어 배꼽 위에 걸터앉아
산의 살결을 태우는
진달래 꽃불을 눈이 발갛도록
눈동자에 먹이고 있다
임신한 배 위에
산이 신음하도록
야호 외치는 사람들
산 아래 어둠이
일렁일렁 물결로 흔들어
사람들을 떨어뜨리고 있다

죽음도 죽음이 두려워

병들지 않은 이는
죽음과 맞설 수 없다
신음으로 콜록이며
병마와 싸우다 지쳐 쓰러질 때
죽음도 죽음이 두려워
저만치 물러서 있다
죽음은 싸움에 끼어들지 않고
그림자만 일렁이고 있다
병마가 도망치려고 하면
패를 쥔 죽음이 다시 덮친다
10년 20년 투병으로 싸워온 사람
병마에 굴복하려고 하면
죽음도 죽음이 두려워
병마와 다시
맞서 싸운다

S 선생님

S 선생님은 신도시 개발지역 큰 도로변 모퉁이에 땅을 샀다 땅값은 산등을 기어올라 도심 속 최고봉이 되었다 한번 놀러 오라는 소리에 어느 날 이끌리듯 갔다 빌딩까지 지어 건물 안 유흥업소는 밤손님으로 북적거렸고 예쁜 여인들이 꽃다발 같았다 그들의 속삭이는 소리 벌떼 같았다 오랜만이라고 탈구시켜 웃는 S선생님의 배는 불쑥 솟아 있었고 손은 가냘프게 내 손 안에 잡혔다 온화함은 누가 빼앗아가고 장엄한 철학도 다 씻어버리고 한순간도 쉴 틈이 없다는 불평만 습관처럼 내뱉었다

빵공장

소가 입안 가득 풀을 씹어 불룩한 배 공장으로 넘기자
뜨끈한 빵 덩이만 항문으로 떨구어진다 풀로 빚은 빵은
풀 냄새뿐이라 개도 소가 만든 빵을 슬금슬금 피해간다
소도 자기가 만든 빵이 맛없는 것인 줄 알아 뿔로 언덕
을 분노로 떠밀다 네 발로 모른 척 밟아버린다 들판마다
풀들이 무성하지만 사람들은 땅 갈아엎는 일 시킬 뿐 연
료도 들지 않는 소 빵공장 꿈꾸지 않는다 산들바람 부는
들녘으로 가면 임대료마저 들지 않는데 알짜를 뒤쫓던
사람들 소가 빵 만드는 걸 왜 모를까 고장도 없는 빵공
장 소는 파업도 모른다

누우 자동차를 갖고 싶다

풀 한 포대씩 매일 뜯어 먹으면서 수천 킬로를 달리는 아프리카 초원의 누우떼를 본다 주말마다 고속도로에 변비 앓는 자동차보다 많은 누우가 시속 60킬로로 달려가고 있다 난 누우 자동차를 갖고 싶다 들녘에 지천으로 돋은 풀 5분이면 족하게 낫으로 휘둘러 한 아름의 풀로 60킬로 제한 도로를 맘껏 달리고 싶다

온종일 달려가다 연료가 바닥나고 차가 힘겨워할 때, 도로변에 차를 세워놓고 쑥 망초대를 쓱쓱 베어 한 3년 팔도강산을 떠돌면 눈은 즐겁고 매연 없는 바람으로 뱃속은 포만감으로 넘치리라 코뿔소 탱크도 날렵한 임팔라오토바이도 갖고 싶다 초원에 처녀집 한 채 짓고 클랙슨 울리며 사자떼를 뒤쫓으며 살고 싶다

옷을 벗다

목욕을 하려고 옷을 벗었다
겉옷을 벗으면 또 겉옷이
몸에 겹쳐져 있다
평생 옷만 껴입으며
살아왔다고
목욕탕 주인이 핀잔을 주고 있다
옷을 벗고 옷을 벗으면
옷만 껴입고 살아온 것을
알았다
목욕탕 문은 닫혔는데
옷을 훌훌 벗는 알몸의 자유를 위해
서둘러 옷을 벗고 있다

대척 행성인

낮잠 속의 나를 대척 행성인이 깨운다
지렁이가 기어간 편지 한 장을 내밀고 있다
눈 부비고 읽어보라 한다
똑똑히 읽을 수 없다
개미귀신 집 같은 글씨 속으로
나는 빠뜨려지고 있다
허우적거리며 읽어 본다
지구인이 내뿜는 담배 연기는
그들에겐 첨단의 세계였다
남녀가 껴안고 입 맞추는 것
그들은 사랑인 줄 모른다
그게 슬픔을 낳는 것인 줄 모른다
도심 속 미끈한 아가씨들 다리에
대척 행성인의 얼굴이 주름으로 가려진다
디딤돌로 별나라를 떠도는 것보다
그들은 지구의 낯섦에 무너지고 있다

서울의 나비

도시의 밤에 늘 꽃이 핀다
날개가 퇴화한 나비들이
꽃 속에 앉아 꽃 속의 꿀을 빨아 먹고 있다
나비들을 쫓아버리려
차들이 경적을 울려도
태연하게 꽃밭을 맴돌고 있다
흰나비 주홍 나비 검은 나비
백과사전에도 없는 나비들이 날고 있다
나비가 앉았던 꽃은
시들지 않는다 밤마다 눈부시게 피는
꽃밭으로 나비가 다시 날아와 앉는다
도시에는 겨울날에도
나비가 날고 있다
꽃은 영하의 날씨에도 피어
나비를 유혹한다
나비는 도시 속으로 날아들고
도시를 떠나지 않는 나비
퇴화한 날개로 나비들은
포옹을 하고 있다

아담의 한쪽 눈

외짝 큰 눈 하나
땅바닥에 활짝 눈뜨고 있다
뜨거운 몸 차디찬 땅속으로 구겨 박혔는지
눈동자 안에는
그렁그렁 한 생애만이 그득 고여 있다
나무들 흔들리고
간혹, 새들 눈 속 늪에 빠질까 봐
재빠르게 스쳐 지나간다
눈이 승천을 꿈꾸는지 구름떼 몰려와
눈동자를 덮어버린다
바깥세상을 향해
갈대 하나 흔들리지만
눈자위는 시린 듯 내내 움츠려 있다
누군가 아담의 눈이라 한다
이브가 따준 사과가 그 눈 속에
붉게 박혀 있는 것을 보았다 한다

아담의 한쪽 눈은 어디 있을까?

고향의 노래

정주定住하는 이웃들 따라
닭 돼지 개도 새끼 낳고 번성했었는데
정든 이 들녘
한두 집 떠나버리자
개 짖는 소리 그치고
도둑고양이들 허물어진 서까래 사이 어슬렁거리네

악머구리 들쥐
떼 지어 쏘다니고
성난 뱀들 발뒤꿈치 물어뜯을 듯 고개 쳐드네

논에는 욕창 같은 가시덤불
밭에는 헝클어진 칡 넌출
햇살이 경작할 논밭 어디일까
난민처럼 이리저리 방황하고 있네

뒷산 바위틈 들국화만
봄이 와도 아직 그 모습 그대로
작년 가을을 시들어 피우고 있네

대밭이 절하고 있다

여름날이 아니라도
바람에 푸르게 쓸려가다
대밭이 멈춰 버린 진주여고 교정
대밭이 불러낸 줄 모르고
대밭 아래로 거니는 사람들에게
대밭은 굽실굽실 절하고 있다
여학생들이 교문에 들어서고 나갈 때도
부푼 그녀들의 발걸음에 절하고 있다
그녀들도 따라 절하고 있다
어둠 속에도 차량의 불빛을 털고
매무시를 슬쩍슬쩍 가다듬으며
별 향해 절하던 대밭
어머님의 끝없는 손길로
비봉산을 쓰다듬다
남강을 보고 출렁거리며
물결로 절하고 있다

산은 항해하고 있다

졸참나무 갈참나무 초록 돛폭을 활짝 펴고
산은 항해하고 있다
백두산은 시베리아로
한라산은 악어떼가 유유자적 새끼를
입양하는 나라를 찾아 항해하고 있다
산짐승들의 새된 자장가로
항해 길을 밤새 꿈꾸었던 산
눈부셨던 뱃길 위에
비는 훼방으로 막아 쏟아지고 있다
검은 구름 속 우레가 내려치는 항로에는
우울해진 산들이 멍텅구리 배 되어
항해 길을 멈추었다
여름날 철렁철렁 차오르는 수심 위로
은빛 돛폭을 펄럭여 항해하는
산등 위의 구름도
흘러가고 있다

봄 2

총소리도 없는 전쟁이 있다
온 땅이 돌격해 오는 꽃향기로 자욱하다
꽃들의 전쟁을 사람들은 사랑한다
진군해 오는 그들을 반기려고
사람들은 화사하게 옷 차려입고
산과 들 북새통을 이룬다
그들이 휩쓸고 간 전쟁의 상처에
쓸쓸해 하는 사람들도 있지만
꽃들의 전쟁은 수만 년을 이어오고 있다
그들의 전쟁이 끝나면 사람들은
내년까지 그 전쟁을 기다리고 있다

천상의 꽃

섬으로 노 저어 놀러 간다
파도가 배를 살큼 밀쳤다
제 방향으로 돌려주는 물결소리에
흥이 절로 나오자
절벽 위 소나무 가지에 앉은
가마우지가 두 날개로
박수를 쳐 준다
어느 사랑의 박수 소리보다
콧노래는 바닷속으로 흩어져
바다 바람이 되었다
섬에 도착하자
요정의 여인들이
하얗게 몸 씻는 바위에 앉아
조개를 구워 팔고 있다
조개구이는 천상의 꽃이었다

삼팔선 진달래

한 사내가 남쪽으로 달아나자
남쪽으로 향해 뻗은 총구마다
자욱한 아침 안개 피어오른다
화약 냄새를 퍼뜨렸다

한 사내가
북쪽으로 달아나자
북쪽을 겨냥한 총구마다
소낙비 쏟아져
땅속으로 스며들었다

산에는
산에는
쏟아버린 세월만큼 진달래꽃

이산가족

남녘에 진달래꽃 만발하면
북녘에도 진달래꽃 만발하리라
가을이면 들국화도 만발하리라
아버지 계시는 북녘
꽃향기 맡을 수 없다
앞산 단풍나무 불타오르면
그 불길 아버지 사시는 북쪽에서
내려오듯
진달래꽃 불길
북녘으로 타 올라간다
꽃 피고 시드는 꽃 소식
남북은 알 수가 없다

명함

아프리카 가나 그 먼 나라로
네 사람이 여행을 떠났다
가나에 도착하자
한 사람은 혼자 여행을 하겠다고 떠나버렸다
첫밤을 지새자
두 사람이 자전거로 여행하겠다고 떠났다
나는 자전거를 탈 줄 몰랐다
해안길 따라 며칠이나 걸었을까
몸속의 태양도 식어버렸다
땅이 비옥한 마을 어둑해질 무렵에 당도했지만
손짓 발짓으로는 그곳 사람들과
대화가 되지 않았다
파도소리 들려오는 해안으로 갔다
어디선가 낯익은 말이 들려왔다
우리나라에서 왔다고 했다
다짜고짜 그들을 따라붙었다
그들은 아버지의 나라 아버지의 무덤
옆 오두막 별장을 갖고 있었다
성묘 때면 후손들은 가나로 온다고 한다

누군가가 검은 봉지 속에서
작은 생선 몇 마리를 꺼내주었다
아버지와 아들의 명함도 받았다
아들은 택시 기사를 하고
아버지는 구멍가게를 한다고 했다 어느 순간
그들도 사라졌다
주머니 속 두 장의 명함만 남았다

딱 3초

전화가 왔다 누구 아니야 하려는 순간 내가 누군지 아
느냐 한다 기억났던 이름이 유성같이 사라졌다 서로 머
뭇거리던 순간이 딱 3초였다

4 부

실낱같이 가늘어졌다
— 양봉일지

벌치는 일, 미약한 일로 여겨
누구 앞에서나 목소리 실낱같이 가늘어졌다
줄장마에 텐트 안까지 옥죄는 마음
훌훌 털고 차를 몰아 내달려 가다
산골 마을 허리 구부정한 노인이
산비알 참깨밭 가에 앉아
꽃가루 수정을 받지 못해
담배 연기만큼 내뿜는 한숨을 바라보았다
그때, 어디서 날아왔는지
나비 떼 지어 긴 빨대로 이 꽃 저 꽃
노인의 근심을 씻어주고 있다
오냐! 나도 농부들 근심을 털어주며
꽃 찾아다니는구나
축 처진 어깨가 초록비 머금은 풀밭이 되어
비로소, 일어서고 있다

도서관
— 양봉일지

책 속에도 꽃이 있어
이 꽃 저 꽃 수정을 시키려면
도서관에도 벌이 붕붕 날아야 한다

문 열어젖히자
벌들이 잉잉 창밖에서 날아든다
벌이 있어야 책갈피마다
꿀을 쟁여 넣을 수 있다

책 속에 벌들 붕붕거리는
소리 들려온다

시집 코너에 쌓인 먼지를 털고
시집을 펼쳐 보았다

꿀 한 방울 없다
어제는 온종일 비만 내렸다

몸속의 냄새까지 몰아낸다
— 양봉일지

대포 소리도
아카시꽃 향기만큼
산골짝을 가득 채울 수 없다
된장찌개도 아카시아꽃 향기만큼
무한한 콧속을 메울 수 없다
멸치떼 잡는 권현망 그물로
아카시아꽃 향기를 쓸어 모은다면
우뚝 솟은 앞산보다 높겠다
갈치 은비늘로
아카시아꽃 향기 손에
묻어나고 있다
노래보다 먼저 들이키는 꽃향기
지난해의 묵은
몸 속의 냄새도 다 몰아낸다

지구가 매달려 있다
— 양봉일지

벌통만 싣고 떠나온 것이 아니라
비구름도 이끌고 왔다
떠돌이 삶의 새 터전
꽃 소문을 퍼뜨리지 않았는데
어찌 알았을까
지난 밤하늘의 번개불빛
차 발자국을 뒤돌아보니
비에 씻기고 있다
벌통 속의 벌은 숨 막혀
환기창이 뜨거운 열기에
찢길 것 같다 벌통을
배열하자 신 밑바닥에
감옥보다 무겁게
지구가 매달려 있다
우릴 반겨주어야 할 아카시아꽃
빗방울만 머금고 외면을 한다

눈물범벅

― 양봉일지

물 말아, 된장에 풋고추를 찍자
꽃으로 날아가다
무슨 꽃향기일까 맴돌던 벌
호 호 내뿜는 매운 열기에
벌이 쫓기어 날아가네
된장에 풋고추 찍어 밥 먹은 것뿐인데
얼굴에 눈물범벅이네
동네 김씨가 놀러 오자
얼굴 씻으려고 달려가네

꽃봉오리가 남아 있어

— 양봉일지

서산 위의 태양
누가 내일은 떠오르지 않는다 한다
불안하다 기도를 올리지만
땅을 덮어오는 어둠에
심란해진다
새들은 절망의 빛 눈
가득 담은 채로 나뭇가지에서
나뭇가지로 내려앉을 때
어둠을 꽁지에 매단 벌 한 마리
꽃에서 쫓기듯 날아온다
꽃나무 속의 꽃봉오리
내일 꽃 피울 거라고
태양은 다시 떠오른다고
꽃이 날 위로하고 있다

누가 꽃가지를 꺾자
— 양봉일지

유채꽃 한 송이에도 눈길을 주다가
훈훈함을 퍼뜨리는 꽃 피는 산
꿀 분비를 잘할 것인지
벌들이 안절부절 꽃으로 날아들자
꽃 마중에 들떠
꽃 속을 들여다보았네
꽃 향기에는 다가가지만
꽃 속으로 갈 수가 없었네
꽃이 피고 꿀 따는 이동길을 더듬자
길에 박혀 있는 돌멩이도 보이고
합천 초계 산비알 벌이 붕붕 대던
아까시나무도 떠올려지네
통영 중화동 길 뚝 떨어지던 동백꽃
동박새가 낚아채 가는 것
눈에 다시 선연하네
벌들의 삶이 내 속에도 있어
누가 꽃가지를 꺾자
침을 뽑아 쏘려고 하네

호박꽃 신방

— 양봉일지

고무대야 통에 심어놓은
호박꽃 속의 금 왕관을
벌들이 둘러쓰고 들락거렸다
여름 내내 호박꽃 신방은
문전성시를 이루었다
호박꽃이 호루라기 소리보다
머언 곳에서 불러들인
소꿉장난하던 아이들
붉은 고무대야 통에 둘러앉아
한목소리로 붕붕 따라 한다
엇박자 놓는 아이들도 있어
벌이 다시 날아 앉아 붕붕거리자
한목소리로 좍 따라
붕붕 외치는 아이들의 등을
여름 햇살이 어루만져 주고 있다

꽃의 신전

― 양봉일지

벌들이 꽃봉오리 비집고 들어가
구원을 전파하는 소리
꽃송이가 터질 듯 울리고 있다
연약한 믿음 탓에
비바람에도 떨어질까
꽃은 안전벨트를 매고 있지만
꽃의 믿음 속에는 향기가 난다
꽃은 일 년 내내 품어온 사랑으로
하늘도 꽃향기를 껴안고 있다
아무도 꽃의 신전을 건드리지 못한다
이단을 용서하지 않는
벌 사제司祭만이 붕붕거리며
꽃 속을 주재하고 있다
오늘도 벌은 꽃 속을 비집고 들지만
온난화의 열기 탓에
꽃 신도들의 가난해진 십일조로
벌통함은 텅 비어 있다

제주도 가는 길

― 양봉일지

유채꽃이 보름 달빛으로 깔려
벌치는 우리는 꿀 따러
봄이면 제주도에 간다
바다에는 전갈의 꼬리 쳐든 파도
밤새워 항해한 배 옆구리를
찌를 때마다 배는
고통으로 뒹굴었다
그럴 때마다
뱃전에 유채꽃밭으로
우리들은 노랗게 토해
놓았다

중화동에서

— 양봉일지

유채꽃 향기와 뒤섞인 어촌
갈매기들은 꽃향기 들이키려
날아든다
봄 햇살은 갈매기 날갯죽지
가볍게 들어 올렸다
내렸다 한다
봄바람은 꽃 속 같은 부신 바닷속으로
갈매기떼를 밀쳐 넣고 있다
전봇대 정오의 해시계는
바다로 향해
갈매기들에게 알려 주고 있다
동백꽃 속에는
벌들이 뱃고동소리로
울리고 있다

개똥벌레 꽃밭에서

— 양봉일지

꽃 따라 꿀 따려고
산속에 와 텐트를 친다
밤이면 개똥벌레가 꽃밭을 이룬다
별들은 그 반짝임이 두려워
하늘 속으로 움츠러들고 있다
벌통 속 쉴 곳 없어 떠밀려
소문 앞에 뭉친 벌들이
밤에 피었다 흔적없이 사라지는
개똥벌레 꽃밭에서
꿀 한 모금 딸 수가 없어
안타까운 소리 붕붕 외치고 있다

빨랫줄을 붙잡게 한다
— 양봉일지

사내 키만큼 자라 오른 쑥대
텐트 앞 밤마다 보초를 선다
어둠의 발걸음보다 더 컴컴하게
앞산도 막아선 쑥대
새들이 자지러지게 나뭇가지마다
공포의 울음을 퍼뜨려도 두려움 없이
잠을 잔다
불볕 속 해바라기꽃이 향하는 서녘을 피해
쑥대의 그늘에 앉아 더위를 식힌다
바람도 숲나무 흔들어 주듯 불어온다
쑥대에 앉아 참새떼 왁짝거리다 간다
고요보다 더 깊이
쓸쓸해질 때마다
참새떼는 다시 날아온다
나비는 쑥대를 넘지 못하고 에둘러 날아간다
쑥대와 쑥대끼리 오늘은
빨랫줄을 붙잡게 한다

순례

— 양봉일지

빠뜨림 없이 순례해 온 벌들이
봄을 깨웠을까
지팡이 짚은 할아버지가
봄날 속으로 걸어가고 있다
외투를 벗고 가볍게 가고 있다
소털보다 가벼워진 햇살 지난
겨울날의 아픔도 신의 음성 같이
짚어낸다 어루만져 주고 있다
벌들이 꽃 하나 필 때마다
노래를 부르고 있다 봄날을
이끌고 가고 있다

로얄젤리

— 양봉일지

삼천 미터 고도의
작은 한 마을 둘레에서만 피는
가녀린 꽃 그 꽃은
신비의 약초라 한다
사람의 손끝으로 수꽃에 핀 꽃가루
암꽃에 수정시켜야만
약효가 있다고 한다
그러나 꽃잎에
사람의 손끝만 닿아도
약효험이 사라진다고 한다
나도 벌치며 눈에 보일 듯 말듯
작은 벌 새끼 이충*을
삼십여 년 해오고 있다
바람이 쉴 틈 없이 불어오는 그곳
수꽃의 꽃가루 암꽃에 수정시키는 일은
숙련된 사람만이
몇 송이 시킬 수 있다고 한다
꽃 수정시키려 나는 떠날 것이다
수정시킨 그 작은 꽃씨 몇 알만 먹어도

어떤 병이든 완쾌된다고 한다

* 벌이 알을 낳은지 3일째 되는 유충

잠의 용암에 녹아들었다

— 양봉일지

이른 새벽 이동을 끝내고
마지막 밤이슬에 흠뻑 젖어
텐트 속 잠의 용암에 녹아들었다
벌들은 먼동을 이고 꽃밭으로 향하는데
숨결은 높낮이가 없다
손가락도 움직일 수 없는 잠
벌들이 꽃밭에서 따오는
꿀맛이었다
밤 별빛이 놀다 헤쳐놓은 풀밭 위로
벌들이 내려앉는 소리
텐트 안을 메우고 있다
꿈속으로 벌들이
날아들고 있다
안개 같은 잠을 밀쳐내고
눈 떠보니 벌 한 마리 없다
작은 바람 만들려 애쓰는 텐트 밖으로
벌들이 함박눈으로 내려앉고 있다

시선을 심고 있다
— 양봉일지

바짓가랑이가 펄럭이고 있다
불볕 속의 몸
땀으로 씻는다
산으로 앞다투어 날아가는 벌
땀 냄새가 역겨워
질투만큼 쏘아댄다
벌들의 침은
땀방울 되어 흘러내린다
바짓가랑이 속
수벌 몇 마리 넣어본다
날개로 치는 에어컨 바람
바짓가랑이가 펄럭이고 있다

산에는 서로 미워할 것이 없다
— 양봉일지

꽃 따라 이동을 해 와도
해마다 얼굴 익혀온 바위
반가움에도 내색하지 않는다
바위와 어깨동무를 하고
사랑으로 엉키어 있는 산속을
바라보면
산에는 서로 미워할 것이 없다
벌들이 떼 지어 날아가는
꽃산 바라보니
몸속에 쌓인 간밤의 피로는 빠져나가
아침해 같이 몸은 가뿐해진다
날 키워온 꽃 시절의 꽃향기
앞산에서 안겨온다
먹구름이라도 몰려올까
쾌재를 하늘로 향해 내지르지 못하는 것
귀 쫑긋 드러낸 노루 한 마리
풀밭 속에서 지켜본다

이명
— 양봉일지

꽃밭에서 산새 노래를
이명이 막아버린다
숲 속에서 매미 울음소리 들어왔는데
귀속에도 숲이 있어
매미들이 울고 있다
맴맴 사방으로 퍼뜨리는 소리에
꽃향기만 어렵게 들이킨다
천리만리 길 떠난 이와
동행한 구름에
매미 울음소리 실어 보내고 있다
손끝 발끝
매미 울음소리는 퍼져가도
시원한 숲 속의 바람
몸속에는 없다

산딸기꽃

― 양봉일지

아카시아꽃
1주일쯤 앞당겨 피었다
시들어진다
아까시나무 그늘 아래
산딸기꽃
그날에 피었다
시들어진다
벌들은 아카시아 꿀
산딸기 꿀 가리지 않는다
꽃 핀 꽃마다
벌들은 빠뜨림 없이 꿀
따 날아온다
산딸기꽃 시들어질 때쯤
꽃 따 나르는 벌들보다
휘파람을 섞어 분주하게
아카시아꽃 채밀을 한다
꿈속에서도 아카시아꽃 향이
꿀병을 넘쳐나고 있지만
아카시아 꿀 속의 산딸기 꿀

하얗게 병 바닥
도드라져 있다

주위를 둘러서고 있다
— 양봉일지

강원도 산골짝 빈 집터에 벌통을 줄지어 놓았다 집터 주위에는 산 언덕만한 바위가 있고 바위 밑 샘물은 넘쳐 흘렀다 건넛산 아래 할아버지 6·25 때 A라는 사람이 피난길을 떠나고 한 번도 돌아오지 않았다 한다 귀를 의심하지 않을 수 없었다 6·25 전 강원도가 고향이었던 이웃집 할아버지 이름과 희미해진 자녀 서넛 퍼즐로 빈틈없이 맞아 고향의 형 아버지가 살았던 그 옛 집터였다 전화를 고향의 형에게 하고 앞산을 바라보며 이릴 적 형 모습을 떠올리고 있을 때 남녘에서 차를 매섭게 몰았는지 어린 시절의 형 어른이 되어 불쑥 나타나자 진동하던 밤꽃 향기가 형의 주위를 둘러서고 있다

시골친구
— 양봉일지

　선생님을 그만두고 시골생활을 하는 분을 만났다 농촌의 무료함을 털어보려고 벌 몇 통 친구 삼아 키웠다 서울에서 선생님을 할 때 벌치던 시골 친구에게 꿀 한 병을 샀는데 얼마쯤 지나 꿀병 속의 꿀이 하얗게 엉킨 것을 보고 오랜 우정까지 멀어졌는데 아카시아꽃 지고 벌들이 산속 은밀히 핀 꽃마다 따 모은 꿀 붉고 검은 색 뒤섞인 꿀병 속의 꿀 들었다 놓았다 신비로움이 사라져 버리지도 않았는데 가을날 꿀병 속의 꿀 설탕같이 변한 것을 보고 벌 치던 시골 친구의 얼굴이 죄책감을 비집고 떠올랐다

황홀경에 빠진다
— 양봉일지

이동을 한 날
하늘을 새까맣게 떠받들고
벌들을 날려 보낸다
나무들도 키를 낮춰
벌떼들을 날아가게 한다
새들도 두려움에 숲 속을
빠져 날아간다
벌들에게 놀란 하늘 속의 구름
두 손으로 얼굴 감싼 여인 같이 달아난다
봉장 맹렬하게 짖던 멍멍이도
제집 속으로 숨어버린다
벌들의 입맞춤에
산들이 하얗도록 아카시아 꽃
황홀경에 빠진다

해설

자연박물관의 소장품

이 경 호(문학평론가)

시에서 삶이 투명하게 들여다보이는 경우가 있다. 의도적으로 수식어를 배제하고 언어의 체적을 줄여놓을 때 그런 느낌을 받기 쉽다. 꾸밈을 걷어내고 삶의 본체를 직방으로 드러내려는 의도가 효과를 발휘할 때다. 그런데 그런 의도조차 그다지 내켜 하지 않고 마음 가는 대로 그야말로 소박하고 천진하게 언어를 풀어내는 시에서 느껴지는 삶이 더욱 투명해 보인다. 이종만 시인의 작품들이 그런 경우에 속한다.

이종만 시인의 진솔한 삶이 자연스레 묻어나는 강원도 원주에서의 양봉과 시업은 익히 들은 바가 있었다. 그런데 시작품에 드러난 양봉이 보통 양봉이 아니었다. 날카롭고 깊은 이치를 쟁여놓은 삶의 시선이 역력하게 돋보였다.

책 속에도 꽃이 있어
이 꽃 저 꽃 수정을 시키려면

도서관에도 벌이 붕붕 날아야 한다

문 열어젖히자
벌들이 잉잉 창밖에서 날아든다
벌이 있어야 책갈피마다
꿀을 쟁여 넣을 수 있다

책 속에 벌들 붕붕거리는
소리 들려온다

시집 코너에 쌓인 먼지를 털고
시집을 펼쳐 보았다

꿀 한 방울 없다
어제는 온종일 비만 내렸다

-「도서관─양봉일지」 전문

수정되지 않은 책과 시집을 매섭게 질타하는 시선이 양봉하는 마음에서 비롯되었다는 사실이 예사롭지 않다. 꽃이 수정되려면 "벌 붕붕 날아야"하고 "벌이 있어야 책갈피마다/ 꿀을 쟁여 넣을 수 있"는데 "시집을 펼쳐 보"니 "꿀 한 방울 없다"는 지적이 여러 가지 반성 거리를 돌이키게 해준다. "책 속에 벌들 붕붕거리는/ 소리"는 요란한데 수정의 결실인 꿀은 만들어지지 않는 현실은 무엇일까? 소문과 겉치레는 요란한데 정작 내세울 만

한 실속은 없는 시집과 책들이 만들어지는 시대. 이런 질타는 세상을 향한 것이기도 하고, 시인 자신을 향한 것이기도 하다. 양봉의 보람이나 가치보다 못한 학문이나 문학의 실태가 까발려지고 있는 셈이다.

양봉은 자연의 경제적 보람을 챙기는 업종일 텐데 자연이 제공하는 문화사업의 보람을 챙기자면 다음과 같은 구름의 생태를 눈여겨 볼만하다.

줄지어 서지 않아도
머리를 들면 구름 박물관이 있다
나무들이 꽁무니로 다가간 구름 박물관
꽃밭을 스쳐와
꽃으로 핀 구름 박물관
식욕의 눈길 뗄 수 없는 연못
구름 박물관의 소장품을 품었다
느긋이 놓아주고 있다
구름 박물관 관장님은
넘쳐나고 부서진 소장품
산 너머로 보내고 있다
세월도 바쁘게 실려 가고 있다

– 「구름 박물관」 전문

박물관을 자연으로 삼아보는 마음가짐은 골동품에 대한 인간의 알량한 속내를 곱씹게 해줘서 새겨둘 만하다. 인간이 만든 박물관은 기껏해야 수천수만 년의 세월을

견뎌낸 골동품들을 자랑스레 전시해놓고 있다. 그에 비하면 자연박물관은 견줄 바 없는 세월을 품고 있으니 값어치가 새삼스러울 따름이다.

그런 사실보다 더욱 돋보이는 차이점을 주목해야만 하는바 그것은 바로 자연박물관의 자유로운 속성이다. 인간이 자랑하는 박물관의 골동품은 본래의 용도를 잃어버리고 전시 공간에 갇혀버린 문제점을 보여준다. 도자기 그릇이 본래의 사용 기능을 잃어버리고 질감이나 모양으로만 가치를 뽐내는 것은 얼마나 부자연스러운가. 그런 반면에 이 작품에 등장하는 자연의 골동품인 구름은 자신의 역할을 자연스럽게 수행하면서 갇혀있는 모양새를 보여주는 법이 없다. 그것은 자유롭게 떠다니며 천변만화의 모양을 보여주므로 구름을 아름답게 전시해주는 연못에 갇혀 있을 수가 없는 것이다("연못/ 구름 박물관의 소장품을 품었다/ 느긋이 놓아주고 있다"). 구름이 대표적으로 과시하는 자연박물관의 아름다움은 바로 이와 같은 자유로움이다.

자연박물관은 "줄지어 서지 않아도/ 머리를 들면" 수월하게 발견할 수 있는 존재 가치를 보여주는 듯하면서도 사실은 나름대로의 비밀을 간직하고 있어서 그 가치를 온전히 찾아내고 누리기란 수월하지가 않다. 그 가치를 온전히 누리려면 자연의 비밀을 감추고 있는 "안개"를 헤치고 나아가야만 한다.

진주 근교를 벗어나
바람 길을 헤쳐가다
안갯속으로 이끌려 들어가면
솔바람을 거느린 정자 하나 있다

그곳은 다람쥐가 기웃거리고
노루는 눈길을 주고 간다
동행을 원하는 사람들이 있지만
무료한 날 혼자 다녀오곤 한다

은근슬쩍 입이 견딜 수 없어
자랑을 늘어놓을 때는
주위 사람들이 날 에워싼다
그곳을 알려줄까 말까

코스모스는 꽃대를 설레설레 흔들고 있다
꼬리 긴 바람이 옷깃을 치고 간다
날 뒤따르던 사람들
안개가 길을 감추자 다들 되돌아갔다

ー「다들 되돌아갔다」 전문

　과연 안개가 자연의 비밀을 감추어준 걸까? 그렇다면
안개를 헤치고 나아갈 수 있는 비결은 무엇일까? 두 가
지쯤의 비결이 밝혀지고 있다. 첫째는 "무료한 날"에 그
가치를 누릴 수 있다는 점이다. 무료한 날은 별다른 목

적이나 의욕을 가지지 않는 때를 말한다. 인위적인 잣대에 휘둘리지 않는 평상심을 간직한 날이라야 누릴 수 있다는 말이다. 과장해서 말하자면 '무위자연'의 이치를 누리는 마음가짐을 지적할 수 있겠다. 둘째로는 "혼자" 누릴 수 있는 점이다. 가장 자유로움과 여유로움을 누리는 몸가짐은 홀로 누리는 것이다. 누구의 눈치도 보지 않고 남 앞에 생색낼 일도 없이 자연을 누리는 방법을 말한다.

그런데 혼자서 누리는 자연의 진짜 비밀은 자연 속에서 나의 참 존재를 찾아내고 누리는 것 속에 있기도 할 것이다. 그래서 자연의 비밀을 함부로 누설하지 말라고 "코스모스는 꽃대를 설레설레 흔들고 있"으며 "꼬리 긴 바람이 옷깃을 치고 간다". 뒷 대목은 참으로 근사하다. 네가 제대로 누리기에도 버거우니 함부로 나대지 말라고 "옷깃을 치고 간"다니, 그것도 "꼬리 긴 바람"이 옷깃에 간섭하는 구체적 실감은 참으로 절묘하다. 어쨌거나 혼자서 누리는 자연의 진짜 비밀이 자연 속에서 나의 참 존재를 찾아내고 누리는 것이라면 다음의 시편을 주목해야 할 것이다.

별들은
하늘에서 나에게로 쏟아지며
반짝이는 것이 아니라
나에게서 밤하늘로 쏟아져

반짝이는 것이다
깊은 밤 꿈속을 헤매일 때
별들은 더 눈부시게 반짝인다
하늘을 볼 때마다
내 안에서 별들이 분수같이
밤하늘로 쏟아진다

– 「별」 전문

사하라 사막처럼 인적이 드문 곳의 밤하늘에 떠오르는 별들을 보라. 그야말로 지상으로 쏟아져 내릴 듯이 무수하게 반짝이는 별들의 실감을 만끽할 수 있을 것이다. 쏟아지는 별의 주체는 자연의 별, 하늘에 구체적으로 떠 있는 별이다. 그런데 시의 화자는 지금 반대 방향으로 시선을 겨냥하고 있다. 하늘에서 지상으로가 아니라 지상에서 하늘로 쏟아져 내리는 별의 방향이 제시되고 있는 것이다. 보다 구체적으로는 "나에게서 밤하늘로 쏟아져/ 반짝이는" 별들의 방향. 이 방향이 말해주는 시선은 나에게 집중하는 시선이다. 나의 내부에 밤하늘의 별처럼 영롱하게 존재하는 것을 시의 화자는 주목하고 있다. 나의 영혼 속에 별처럼 반짝이는 자연의 속성이 존재한다는 믿음을 되새기는 시선이다.

별처럼 반짝이는 시선과 연계된 자연의 또 다른 속성도 주목할 필요가 있다. 그것은 바로 다음과 같은 찰나의 존재감이다.

새벽 한 시에 피었다
찰나에 시드는
꽃이 있다
순식간에 피었다 지기 때문일까
꽃은 너무 눈부셔
그 꽃 마음 속에 지니고
일생 살아가는
사람도 있다
새벽 한 시
어둠 속에서 번쩍 피었다
사라져 버리는 꽃

- 「찰나의 꽃」 전문

    이 작품에 등장하는 꽃은 밤하늘의 별과 공통점을 지녔으면서도 오히려 별보다 절실한 존재감을 일깨우고 있다. 공통점은 모두가 잠든 시간대에 존재감이 돋보인다는 사실이다. 이것은 고독하거나 은밀한 존재의 가치를 부각시켜준다. 시인이란 마땅히 이러한 존재 가치를 내장해야만 한다는 자기 다짐을 일깨우는 역할도 수행한다. 그런데 찰나의 존재 이치를 환기하는 꽃의 아름다움은 오히려 별보다 절실하게 부각되는 효과를 만들어내고 있다. 존재의 절실한 아름다움은 찰나의 속성에서 비롯된다는 사실이 반짝임의 참된 의미를 환기시켜주기 때문이다. "어둠 속에서 번쩍 피었다/ 사라져 버리는 꽃"의 아름다움은 영원한 소멸의 바탕 위에서 순간으로

만 성립할 수 있는 존재의 미학을 부각시켜주는 것이다.

이러한 시선은 아름다우면서 윤리적이기도 하다. 자연을 누리면서 동시에 자연을 나의 삶으로 살아내려는 의지가 표명되고 있기 때문이다. "그 꽃 마음속 지니고/ 일생동안 살아가는/ 사람도 있다"에서 그런 마음가짐을 읽어낼 수가 있다. 그런데 자연의 아름다움뿐만 아니라 윤리를 살아내려는 시는 다음과 같은 자연의 이치를 품기도 해야만 할 것이다.

가시덤불을 본다
가시가 가시를 찔러라고 손뼉을 쳐본다
고개 떠밀고 들어가고 싶은
가시덤불의 가시가 가시를 찔러라고
가시덤불 세차게 흔들어본다
참새떼가 가시덤불 속으로 날아들면
가시덤불은 가시를 감춘다
가시가 가시를 위해
서로를 감추고 있다
가시덤불 속으로 손 넣었다
날렵한 고양이 발톱으로 할퀴고 있다
망개 열매 붉은 핏방울 흘리게 한다
가시는 가시를 평화롭게 한다
　　　　　　　　－「가시는 가시를 평화롭게 한다」 전문

자연은 인간을 위해 존재하지 않는다. 이것이 자연의

윤리이다. 자연은 스스로의 존재 질서를 이끌어 나갈 따름이다. 그런데 인간은 자연의 질서를 인간의 질서 속으로 끌어들이는 세월을 이끌어왔다. 그 세월의 결과가 바로 문명이다. 지금 시의 화자는 문명의 시선으로 자연의 질서를 응시하고 있다. "가시덤불을 본다"는 그러한 문명의 질서에 사로잡혀 있는 시선이다. 그 시선은 '가시'를 '찌르는 것'이라고 규정하는 편견 속에 사로잡혀 있다. 그런 편견 속에 사로잡힌 시선 속에서 다음과 같은 가학적이며 동시에 피학적인 무의식—"가시가 가시를 찔러라고 손뼉을 쳐본다/ 고개 떠밀고 들어가고 싶은/ 가시덤불의 가시가 가시를 찔러라고/ 가시덤불 세차게 흔들어본다"—이 발동하게 된다. 가시로는 반드시 무엇인가를 찌르거나 찔림을 당해야만 할 것 같은 강박에 사로잡힌 문명인의 의식이다. 그런데 문명의 질서에 갇혀 있지 않은 "참새떼가 가시덤불 속으로 날아들면/ 가시덤불은 가시를 감춘다". 참새에게 가시는 그저 편하게 접근할 수 있는 자연의 대상일 따름이다. 인위적인 편견이 없으므로 가능한 몸짓이다. 하지만 인위적인 편견에 사로잡힌 인간이 "가시덤불 속으로 손 넣었다"가는 "날렵한 고양이 발톱으로 할퀴"는 사태가 초래되고 만다. 자연이 안겨준 상처라기보다 문명의 경계심이 초래한 상처인 셈이다.

시인이 주목하는 자연의 윤리는 이렇게 인위적인 편견에 갇혀 있는 현실을 주목하고 비판하는 역할을 수행한다. 그런 윤리 의지가 "눈물이 메마른 사람에게/ 생솔가지 태운 연기/ 한 봉지씩 담아주고 싶다"(「생 솔가지」)와 같은 직설적 비판을 동원하게 하기도 한다. 하지만 나로서는 비판을 토해내는 직설법보다 다음과 같은 살림의 비유법이 마음을 사로잡는다.

나무마다 하늘로 이끌어 올리는 밧줄이 있다 새들도 응원의 노래를 보태고 있다 나무가 하늘로 당겨 늘어지는 순간에도 밧줄은 보이지 않는다 한 길 높이로 키가 이끌어 올려진 미루나무 잎새들이 소스라치게 파르르 떨고 있다
— 「밧줄이 있다」 전문

이 작품에서 "밧줄"의 기능이 돋보이는 까닭은 구체적인 비유의 실감을 자연스럽게 안겨주는 데 있다. 그 실감은 건강하기도 하다. 인간의 삶을 자연으로 이어주는 생명력의 근원을 탐지하는 실감이기에 그렇다. 이 실감은 시적 상상력이 그의 삶과 투명하게 연대를 맺고 있는 바탕에서 마련되었을 것이다. 그 실감이 시적으로도 그리고 삶으로서도 튼실하게 유지되기를 기대한다.